象の耳を埋めることができるわけではないのだけれども

兼本浩祐

東京図書出版

象の耳を埋めることができるわけではないのだけれども ◇◇◇ 目次

うにのジュレ

本当に
これでは癌になってしまうわ
うにのジュレを喉に通しながら
君は静かに言った
咳き込みながら私は頷く
ああ
苦しいね
うにのジュレはおいしいね
眠らなくては
バナナのクリームブリュレで終わりだよね
このコースは

表面のキャラメリゼをパリパリと舌で割りながら
高いけど
記念日だと思えばいいわよね
それはそうだね
それは
リノリウムが張られた廊下だったと
書いておくのを
前回の時にぼくは忘れた
連れていかれたのか
自分で行ったのか
迷い込んだのか
決められていたのか
被る方からすれば
脈絡もなく
短時間セッションのように

ふっとその廊下は途中で途切れることになっている

たんたんって

横殴りの雨が
降っている
たんたんたんたんって
耳を澄ますと
子供のころから
リズムは同じ
たんたんたんたんたん
十まで数えれば眠れるって
ぼくをたんたんしながら
おばちゃんがいってた
扉を誰かが叩いているみたいに

たんたんたんたん
踊るように
南の国の人みたいに
たんたんたんたん
怖いから布団の中にもぐりこんで
たんたんたんたん
電気をつけてって泣いていたら
お母さんに叱られたんだぼくは
雨が降っているのだから
迎えに来てくれるかな
綺麗な刺繍のついた
目の覚めるような色をした
傘を抱えて

花に囲まれたその人の顔は

焼かれる前に
花に囲まれたその人の顔は
ピエタ像のように
口を半ばもの問いたげに
開いていた

私の母はその口を閉じれないものかと
係の人に尋ねていたが
そもそもそれはもう
取り返しのつかない形であるようにも思えたし
それは多分祈りの一つのようにも思え

多分みんなが
父や
おばあちゃんや
しゅうちゃんや
多分みんなが
まだ生きていた時
みんなで歌ったり食べたりしていた時
私はあの時に
多分幸せだったのだと
焼かれる前のこの人の顔をみていて思うのです

癌の父親を見舞いに
朝早く妻は出かけ
私は洗濯物を干した後
パンを焼き

ゆで卵をゆで
デッキにでて
庭の杏の木をみながら
新聞を開き
そうして
ゆっくりと
大事だった人達の
骨を拾っているときのことを
丁寧に
時間をかけて思いだす

植物になって暮らしたいと思う

虫のことが嫌いだから
ちょっと無理かなとは思うけれど
今は植物になって暮らしたいです
植物になったら
きっと雨は甘いのでしょう?
梅雨時の雨は古典フランス料理のように重厚で
冬の雨は多分ビタースウィート
一つだけ残してある塩キャラメルのような
枯れる時にはそのままただ枯れてしまうのだろうし
隣の植物も
めいめい自分の土や

自分に降ってくる雨を味わうだけで
ただ死んだり
ただ生まれたり
急ぐ必要もなければ
追い立てられることもない
葉緑素が肌に定着してくる途中は
僕的には少しかゆいんじゃないかなと思うんですが
耳鼻科の先生に尋ねてみたら
保存的にいきましょうよと言われてしまった

タンキリマメって言ったたって

タンキリマメ
タンキリマメって
言ったたってね
あなた
まあ
おなかが痛くて目が覚めたんですけどね
今朝の新聞にシーボルトの弟子だったという
誰かの名前が載っててね
杏子《あんず》が
裸足のげんと同じ作者だけど
他に読むものもないし

お父さんに読み聞かせをしてあげようと
井伏鱒二の黒い雨を読んで
宮本……宮本なんとかという共産党の人のこと？
野坂けんぞうっていう人もいたよね？
ともかく百歳にもなって除名されてたよ
本物の精神分析家と
偽物がいるだけだと彼は言っていたけれど
不破哲三と上田なんとかという人は兄弟だったような
兄弟とも絶縁して
嫁が出て行った？
嫁が出て行った！
タンキリマメってググってみると
鮮やかなあずき色をした包みから
つやつやした豆が飛び出している
だらだら昨日は一日中

アップルパイやら
ピザやら
のどぐろやら
パピコやら
おなかが気持ちが悪い
こころも暗い
夜が明けてきた
昨日
妻と自転車に乗っていた時に出くわした
ちょっと
小奇麗な
隣の奥さんが
窓を開ける音がしているのだから
もう朝は六時頃
もう会社なんかやめちゃいたいね

君

庭のラズベリーを抓んで

いやよ
それは私が食べるのと
一個だけ残った庭のラズベリーを抓んで
うっすらと小雨の降る朝に
妻はいう
あっという間だよ
それはあっという間かもしれない
油断すると
考える間もなく
もっていかれてしまうのだよと
私も考えもなくいってみる

するすると

君の乳房に手を添えると
するすると
チーズのように
溶けだして
そのうち
もう
僕は
夢を
見て
い
る

僕の歯が抜かれた

母さん
おんなの
はいしゃさんが今日
僕の歯を抜いたんだ
諦めきれずに
軋んでいた僕の歯は
もうなくなってしまいました
「骨までいってるわよ」
とおんなの
はいしゃの先生は
嬉しさを噛み殺したようにして宣告する

そしてぐりぐりと僕の歯を
万力のような道具でばらばらに砕く
すると歯の中に閉じ込められていた
昔が口の中に広がって
まるで悔恨のように
懐かしい味がパッと広がり
でも歯があったあとには
ただ肉がもりあがり
もうそこには僕の歯は
決して生えないのだから
お父さんも
おばちゃんも
おばあちゃんも
しゅうちゃんも
よしこさんも

もう還っては来ない
でも
母さん
僕は
もうしばらくは
生きています

アンデルセン童話に出てくる渡り鳥のように

アルコールが
脳脊髄の関門を
一定以上の量で通り過ぎると
私達はとりあえずは幸せになって
でも明け方にそれが切れると
依存症専門家のまつもと先生によれば
アルコールの薬効からして
死にたくなるのだそうです

僕は
一羽の

アンデルセン童話に出てくる渡り鳥のように
片足を抱えてくるくると回り
できるだけ
脳のアルコールを攪拌させ
浸潤させている
そうして
君にハグしてもらうために
石造りの坂道を上る
マカオの路地のような
斜めの路地を通り抜け
じゃらじゃらと
パンク・ロックのような
金属音を立てて
それから多分
色とりどりの錠剤を

アメリカドラマのだめになった人達のように
一挙にがらがら飲み込んでみる
眠るのはいいのだけれど
覚めるのが不安ですから
だからもう
たっぷりと日が昇るまで
オノヨーコにハグされたジョンレノンのように
U字型になって君の体にしがみついていよう

犬とは言えない犬

犬とは言えない犬
ぬいぐるみみたいな猫
人間じゃないような娘
アル中の母
たぶん
繰り返して唱えると
それらは
韻を踏み始める
私はその謎にひっそりとひかれ
月夜の街へ
いざ漕ぎいでな

ああ幸せ！

ああ幸せ
あなた達を
近くでみれたのは
嬉しかったけど
でもやっぱり所詮はニンゲンですね
どうせニンゲンなら
後ろに回って
耳の後ろをクンクンしたい
動物はとても賢いから
ちゃんと背筋を伸ばした変態になって
ニンゲンじゃないような

愛のしぐさ

桜の花は咲いているときが幸せなのか

桜の花は咲いているときが幸せなのか
眠っているときが幸せなのかと君は問う
花が咲くのは瞬く間なのだから
桜の花のような
はかない情事はあるのだろうが
届かないままであれば
それはいいようもない未練なのだろうけれど
届いたとしても
それは瞬く間に過ぎ去ってしまう
一人で生まれ
一人で死んでいくというのに

もう一度出かけて
桜をみたい
それはいつでも遅すぎるのだろうけれど

若い女と肉を食べる

若い女と
肉を食べる
豚肉に
マスタードをかけて
カリカリのところは譲りたくありませんが
私は残った歯を
英字新聞にありがちな
醜い日本人のカリカチュアのように
突き出して笑ってみせる
ともかく
知り合いの

イラン人に
一通メールを書くまで待ってよ
宛先は
そこじゃないって
そこじゃない
少しずれているの
そこじゃなくて
ここは笑うとこ？
おかしな人ね
座って欲しいなんて
私は蟹みその
ホタテが食べたい
咳で朝まで眠れなかったから
行こうと思っても場所がずれている
だから行けないの

だから行けない
座って欲しいって言ったって
窒息するわよ
それでもいいの？
イランに入国したら
アメリカに入国するには
ビザがいるようになるからと
ママに言ったの
偶然エレベーターで
たまたま
二人きりになったから
その時に
おかしな人
おかしな人ね
口を覆っているのは

私は自由
私は自由だから
誰の持ち物でもない
あなたたちの持ち物じゃない
ラインがなって
タクシーが拾えないのと
君のテクストが浮かんでいる
だから結局
カンダタは
どこにいる？
蜘蛛の糸
天国の
窒息しそうになって
目を開くと
目が覚めた時のように

見上げて見えるのは
ゆらゆらと
韓国語のパルガンセックが似あうような
特別に見事な紅色をした君の唇

先生、この人の歯茎

先生
この人の歯茎
ネクってますよって
聞き取れないような小声で
若い歯科助手の声が囁いた
分からないつもりかもしれないけど
僕は知ってますよ
それは
つまりは壊死
つまりは僕の体はもう
壊死しているということだ！

壊死した部分は
外から眺めれば
肉が腐る時の
美しい薔薇色に
色づいているに違いないけれど
内側からは
それには特有の痒みがあり
僕はもちろん浸潤されている
きっと尿だって出なくなる
だから愛が欲しい
そしてそこからはもう
転がり落ちるようにだ
そうに決まっている！

坊や

坊や
朝の新聞にのっていた
芒種の芒っていうのはね
ぼうと読むのよ
ぼうと
坊やのぼうと一緒だけどね
でもね
それはね
そろそろ腐って
燃え落ちるような
坊や

それはね
夢のよう
それは夢のようで

良かったわね
行かなくて
とも言えるのだし
ああ残念ね
もう
行くことも
ないでしょうね
とも言えるのでしょうし
だから
坊や
撫でてあげる

あなたがそのまま眠れるように
もう梅雨
梅雨なのね

雨っていえば雨ね

雨っていえば雨ね
私は寝てるから
起こさないでいいわ
その時が来れば
たぶん
神様が
起こしてくれるから
行かなければいけないなら
行ってらっしゃい
雨っていえば
雨だけれど

その傘はあげるわ
刺繍のついた女物だけど
捨ててもいいわ
できたら川に
大きな川に流して欲しい
ママも流れていった大きな川に

捨てられた傘
壊れた自転車
死んだ鳥
死んだ犬
出て行ったママ
年老いたパパ
走れない競馬馬
青い瞳をした役立たずな象

なんでも流れるインドの大きな川が好き

だから
さようならママ
さようならパパ
さようならグランマ
さようならグランパ
さようならダーリング

私は寝ているから起こさないで行って
大丈夫
私のことは
私のことは
夏の夜の夢
Kitto 神様が起こしてくれるから

そんなんあんたのせいやろ

そんなん
どう考えてもあんたのせいやろ
あんたのせいでこうなったんやろ
責任とって欲しい
責任とって
結婚して欲しい
結婚せんでもいいから
子供が欲しい
子供はいらんから
いてほしい
どう考えてもあんたのせいや

死なんときっていうたかって
うちらの子やろ
おなかが
おなかがこんなに大きいの
気持ちが悪い
吐いてしまう
吐いてしまうけど
もっと欲しい
責任なんかとらんでいいわ
あんたのせいやとは思うけど
もう寝るわ
もう寝る
明け方やからね

ねむれるやろか

フィリピンで
フィリピンの人は
愛に生き
愛に死すと
背中にそんなロゴしょった
軽薄そうなおっちゃんが二人
サイドカーの横を歩いていた
そうやね
お金があれば
年寄りでも
フィリピーナの膝枕で
眠ることはできるんやろうけれど
ごほごほいってるな
あんた
老人性の咳やで

それは
無理やろ
愛に死ぬだけの
腹が据わってんのやったら
いけるかもしれへんけどね

女のように
お腹を膨らましてごらん
そうしたらあんたにもわかるやろ
愛のことが
どうせ
ごほごほいいながら
もう長《なご》うはないで
もう手遅れやで
それはもう真夏の夜の夢や

もう手遅れで
むかむかするし
明け方やから
小汚い部屋やけど
大塚のお兄さんが勧めてくれた
タケキャブ飲んでもう寝るか
逆流性食道炎にはいいそうやから

歯が砕けるといろんな味がするんですよ

おもしろいんですけどね
歯が砕けると
いろんな味がするんですよ
古くてもう腐りかけた歯からは
懐かしい昔の味がして
僕はつい
先日の還暦同窓会のような
ほろ苦いノスタルジアを思い出し
中学生の時に
隣で一緒に牛乳を飲んでいた子に
愛を告白しそうになりました

顎を上にごきごき砕くと
生まれてこのかた
たぶん今まで
一度も空気に触れたことがない骨がそとに出て
それがすっと鼻に抜け
僕は不安になって先生に
上顎洞に穴が開きませんでしたかと
目くばせしたのに
歯医者の先生はまたせせら笑って
猫なで声で
大丈夫
大丈夫
こうすけ君
外に立っていなさい
蟬がみんみん言っているから

僕は廊下に立たされて
給食が最後まで食べれなかったから
罰を受けているんだ
僕が泣いていると
中学生のお姉さんは
しゃがんでくれて
傘をさして一緒に帰ってくれたんだ
蟬がみんみんみんいっている
口をもっと開けてって言ってるけど
それは絶対嫌だから
口角からはもう多分
レアステーキのように血が滴っている
麻酔がきいてちっとも痛くはないんだけれど
体の中で
骨が削れる音は

怖いと言えば怖いけれど
晴れの日の太鼓のように
ドトンガドン

たとえばお腹に子供ができる

たとえば
お腹に子供ができる
つまりは
それは
死ぬことのように
取り返しがつかない分岐点になる
何か
初めは
ガリガリ君を食べると歯がしみるとか
ちょっとそうしたことのようにも見えるのに
仕舞いにはあなたがどうあなたであるのか

私がどう私であるのかを
それは
抗いようもなく確定してしまうのだ

ふふふ

ふふふ
もうどこか
腸とか
尿道とか
詰まって死んでしまいそう

深夜の夢

深夜の夢
たぶん悪夢の中でたどり着いた
熱帯の花弁
そのすさまじい臭気に
思わず顔をそむけたのだけれど
もし感染しないという保証があれば
私はそれでも
それに顔をうずめたいと
思っただろうか
夢から覚めて
何度も手洗いをした

それでも体のあちこちに
その臭いが残っているように思えてならない
淫猥なキッス
何日も私の着衣から
あるいは皮膚から
それとももっと奥深くから
付着して
時折臭う発酵した乳臭い体臭
咳が出る
咳が止まらない
深夜の夢

神はたぶんあなた達を祝福している

ジーヤの家に行ってから
ビルマ語入門の文字を写して
それから
夜のプールで泳ぐ
病み上がりだから
もう少し眠れればいいのだけれど
ジーヤの家は
谷川の切り立った斜面に立っていた
電気のない家
私の体は解けていく
駆け回る子供たちの手作り運動会

水の中では
多分閾値を超えれば
もう体は引き戻せない
そうなれば苦痛はないのでしょう
豚の丸焼きを焙っている工場横の広場で
妻はいくにんもの子供達を抱きしめる
病み上がりだからか
蟬の声が
読経に聞こえる
輪唱して
ゴスペルのよう
いのちを紡ぎ
いのちを切断するのは
私達の役割ではない
だから

祝祭のように
食べて
飲み
眠り
交わり
待てばいい

ゆだねられるから
神はたぶんあなた達を祝福している

階段を下りたら

階段を下りたら
うさを抱いた
妻がいた
「死んだのよ」と
彼女は言った
確かに昨日
うさはけいれんしていた
秋の風が
久しぶりに眠れた私に窓から当たる
ゆっくりと
妻は撫でている

動かないのだから
確かにうさは死んでいるのだろう
涙が流れ
もう時がない
だから君のことが愛おしいとぼくは思うのだ

交尾しながら滑走しています

それはたぶん
交尾しながら滑走しています
尾が赤いから
いや赤かったと思う
私は溺れた人のように
泳いでいたから
だから水に潜ると
世界から取り残された死体のように
ゆっくりとしたテンポで
口から泡が出る
私に泳ぐのを教えてくれたのは

父だった
でも父はもう死んで久しい
水から顔を出すと
蜻蛉の尾はまだ赤い
私はもう一度
水に潜る
もう私は年老いている
それでも夢の中では交尾したいとは思うのだけれど
すくなくとも空想の中では一匹の牛のように
日がな一日
もぐもぐとゆっくり口を動かしているだけの存在だ

私の青い靴下が無い

お母さん
私の青い靴下がない
週末に洗濯に出したのにと
制服を着た娘が口を膨らまして怒っている
青い靴下はないのだよ
それを私達は探し続けているのだけれど
それは見つからない
私は下を向いて
新聞を読みながら
聞こえないように呟いてみる
アベシンゾーを選挙で選ぶような

無意味な私達の
ポストモダンの仕草
雨の音が止んだ
こころが斜めに揺れる

もうそうなんだよね？

もしもし
かぜですか？
お昼には何を買って帰るといいですか
夜には歯が痛くなるけれど
僕は今は
駅前にある
訳してみれば
「フランスの生活」という名前の
ありがちなパン屋さんにいて
柚子あんぱんという
中途半端な菓子パンを食べながら

ＰＣちょっとやってますが
もうそうなんだよね？
それで終わりなんだよね？
思ってはいたけど
それはやっぱり突然終わるんだ
もともと
このからくりは
始めから
上手くはまっていないのだから
片方が終わる時に
丁度良くもう片方が
終わるようにはできていないから
このちぐはぐさ
やっぱりもうそうなんだ
長井真理さんが

ずっと前に言っていたように
多分
いつでも
どんな時にでも
それはタイミング悪く
ニーチェとかでもない限りは
まずったなという形でしか
正しくは終わらないようにできていて
もうそう
そうなるしかない
そうなってしまうしかないんだよね

赤い実になれるかな

僕はね
ハイデガーをきちんと読んだらね
死ぬのが怖くなくなると
若い時には思っていたんです
だって
その本にはね
終わりの辺りに
死への存在と書いてあると誰かが言っていた
だから
死の練習の教則本だと
僕は思っていたんです

でももう
覚えていない
忘れてしまった
だからね
その代わりに
サフランの咲く野原に行ってみたいと思ったの
たとえばイランの高原のサフランの花の咲く野原で
スカーフを巻いた美しい少女と
花摘みをする
ショウガ茶で温まって
歯が痛くなると
今度は急に
死ぬんじゃないかと怖くなるけれど
体への違和感が
ゆるゆるとそんな時には

ちょうどいい塩梅に僕たちを締め付ける
そして適度にそれがマリネになって馴染んだ頃に
ふいに皮をばりばりと剥がされて
僕はむき身になる
そうすると
遠くから聞こえる
聖廟から聞こえる
嘆きの声
音楽
詩の朗読
聞いたことのない鳥の声
ああ
太陽を挟み込む両手
青い残像が
風に晒されて

からからに乾いて
この谷ではそれは
鳥葬っていうんですよね
鳥がついばんで遠くへ運ばれて
そうしたら
僕も
赤い実になれるかな

ら　らがあると

もう
眠れない
それはこころが乾いているからです
夢なのかそうではないのか
近頃の夢は
また
時々
昔のように血塗られている
たとえば
ら
らがあると

し
しがあると
る
それはそうして
時々不意打ちをくらわしながら脱線していく
もちろん
必死に持ちこたえようとはしています
僕の精神は
たぐってたぐって
どこかに出て行こうとはするのだけれど
でも美しいものがそこからは花開くわけではなく
赤いような
血のような
粘着的でもあれば
嘔吐

そう吐物
文字の表面をなぞるだけなのに
それは逃れようとする私達の営みを断ち切るように
何か同じ同心円を描いてそこへと向かう

そう
行くのだ
行ってしまうのだ
僕らは
ああ
鈍い
大抵のことでは
遺伝子や
親が持っているお金や
そんなことに僕たちは勝つことができない

カルビン
カルバン
カバン
決定！
今
君の手が
僕には一瞬
素早く横切った猫に見えたよ

スミルトン島

空が
お腹みたいにごろごろとなっている
ネバネバならば
口の中でもあるけれど
もっと正確に言うのだったら
布団の中で女の足に僕が絡みついているからだ
だから背中を指でなぞって
探して滑らすと
ラテン語では海の犬はヒトデ
君は生理だったんだ！
眠れないからだよ

起きているのは
妙にごろごろとはいってるけど
雨は降っては来ない
ともかく脳細胞は
そうでなくとも間引きされている
大文字の犬は空
一義的な犬にはサフランの香りがすると
山内志朗氏も言っていました
(それはまあ僕のフェイクだけどね)
考える必要があるね
思い出すことがあると
あの浜辺で
もう一度
いつまでも
眠りこけたいと思うわけです

多分読書をして
出版されるあてのない本を書く
ハロー、ブライアン
ここでは君のことをなんて呼ぶんだったっけ？

ディラ・ムシュビトビサ

ディラ・ムシュビトビサ[1]と
君のお母さんが
掠れた声でそう言ってくれたのを
僕は確かに聞き取りました
おはよう
寒い朝ですから
君のいう
バトゥミの海はきっと凍っています
確かに

1　グルジア語で「おはよう」の意味。

きっとそこには
昔々
氷結したクラゲがいました
それが
私がきみに語りたいと思った物語の始まりなのか
それとも君が私に語りたいと思う物語の終わりなのか
それはわからないけれど
確かに
クラゲなのにそれは氷結していた
それは
永劫の時がもう経っていくからだ
静かに
そして
そっと
起こさないように

君に口づけをして横たわると
錯覚かもしれないけれど
わずかにそれは色づくような気がして
そう思うと
もう鼓動は
まずは象の耳の拍動のように遅くなり
そして一瞬だけ点火して
早くなったかと思うと
もうそれは止まっている
祈る間さえないけれど
降る雪のように
無数にそれはあって
数えようと思えば
数えることもできるようにも見えないではない

読経

ぎゃーてーぎゃーてー
はら　ぎゃーてー
まか　はんにゃはらみった
庭に蟬がいる
蟬たちがいる
精巣がんになった美しい僧侶の
とても澄んだ鮮やかな声がありがたい
向こう岸は見わたせないが
来世はないと私は思う
私たちはただ老いて死ぬだけだと
三十年も前に死んだ彼女に似た人が

いつも自転車で通る理髪店の看板に掲げられている
たたーや　たや
たたーや　たや
私たちは祈らなければならない
石の河原が思い浮かぶから
一つ一つの石は
こぶし大くらいか
そして白い
白いから目を凝らせば
石灰岩のようにも
岩塩のようにもみえるけれど
ところどころが
きらきらと光っている
ここは暑い
だからもう列車が来る

だから急がなくてはならない
たたーや　たや
たたーや　たや
間もなくやすぎです
やすぎの次は
びっちゅうたかはし

象の耳を埋めることができるわけではないのだけれども

もちろんグルジア料理と言ってみたとしても
象の耳からすべてが始まるわけではない
ヒンカリにしても
ハジャプリにしても
は　とか
ひ　の音を君は正しく発音できないわけだし
地下のワイン専門店の女は
ワインに含まれる
くぐもった摩擦音を繰り返し響かせながら
ただグルジア語しか喋れなかった
赤とも白ともいえない飴色のクヴェヴリワイン

それもまた煙るような飴色の味がしている
そもそも象がこの国にはいないのだから
象の耳を埋めたわけでないには違いないとしても
それが何かの証明になったり
証しになったりするわけではないと僕は思う

私のこころが重いのは
せいぜい八ラリのところを十五ラリも
あの運転手にむしりとられたからでもあるけれど
優しい女を繰り返し
傷つけたからでもある
きっと修道僧たちは
両手でそっとクヴェヴリ[2]を埋めて

2　グルジアワインを醸造するための地下に埋める瓶。

その後はあの高い塔の中で祈ったのだろう

スプラ[3]
スプラ
そう
人々が飴色のあのワインや
サペラヴィからとれる赤いワインを囲んで
溶け合うように肩を組み
多声音による合唱をする
歌うこと
飲むこと
乾杯
乾杯の挨拶

3　グルジアの小宴会。

眠らずに人々は語らい
それこそが祈ること
それこそが私達が私達であること

たとえここがグルジアであり
時には十ラリのものに三十ラリを要求され
あるいは時には果物を一つしか買っていないのに
もう一つを押しつけるようにただでくれたりするカヘティであっても
埋めたのは
まだ生きて息づいている象の耳ではおそらくはないにしても
それは修道僧でもなく
カズベキ山の教会でもなく
赤ら顔の善良な笑みを浮かべて
お金を受け取らなかった神父でもなく
私は

私達は
友人の借りてくれた美しい借家で今は眠る
飴色のワインを何度も乾杯し
酔って
そう
多分私は詩を書くために生きていたい
まだ生きて
息づいている象の耳を
黄金色の粘土で蓋をして
埋めることはできないのだけれど
それでも
そうであったとしても
そうであることは分かっているのだとしても

あなたが人を殺す代わりに

ああ
あなたが
人を殺す代わりに
小鳥屋さんになったのは
なんて素敵なことだったのでしょう
それは磯の香りのする
癖のあるラフロイグや
マヘリア・ジャクソンの
ゴスペルに託されて
ともかくも今は
寄生虫学の教授になったあなたの甥は

あなたからのその一束を
確かに受け取って
毎夜
ひっそりと
それをこのショット・バーで解凍している
それは一つの美しい月でもあり
一匹の美しい蝶でもあり
それは色とりどりの何か楽し気な
旋回するものでもあったのですが

妻の実家の船に僕は乗ったことがない

気づいた時には
それはまた
深夜のことでした
単なる無呼吸症候群なのかもしれないけれど
僕は魚のように
ビクン、ビクンと
寝返りを打っていた

妻の実家の船に僕は乗ったことがない
だからというわけではないけれど
ずっと

ずっと前
大きな鍋に味噌を入れて
妻の実家でとれた大きな海老を
私たちは茹でたことがある
いやいや
そうではない
茹でたのは私たちではなくて
死ぬのは怖くはないんやと
カラフネヤで言っていたその夜中に
心臓破裂でなくなった
大きな体
還暦を過ぎていた人
ああ
それから
たくさんの人が

もう死んだ

大きな海老は
おが屑と一緒に詰められて
まだ動いていた
それは大きな蟹ほどには蜘蛛のようではなかったし
海の底でも
蟹のようには
仁王立ちはできないに違いないのだろうけれど
あれはそれでも
紅色の蜘蛛
整合性という点でいうのならば
蜘蛛の仲間でなくてはならなかったのだと僕は思う

ともかくも

モーツァルトの
何とかという曲のこと
死の曲
どこまでも
どこまでも
僕は暗い所へと向かって「いくんや」と
暗いところへ行くのは「怖くはないんや」と
それが僕のたった一つの「優れたところや」と

甲板に放り投げられた魚のように
僕はビクンビクンと眠りながらけいれんしている
断末魔というよりは
何でしょう
でも
だけど

もう
今夜は妻を起こすのはやめておこう
そういえば
妻の実家の船に僕は乗ったことがない

レアリティ

だから何度も言っているでしょう？
腐っていくということの
レアリティを君は知らないのだと
それは決してロマンチックなことではない
つまり
それは
サウナから出た途端に
心臓麻痺で死ぬというような
英雄的ではあるけれども
だからこそ
きわめて

即物的な出来事で
私たちが生きていることの乱暴さを
裂け目のように暴いている

「好《ハオ》」

昔昔、私は
一人の美しい女が処方した
鍋にいっぱいの漢方の湯《タオ》を飲み干して
そうして私の骨という骨は
解けていく
女はゼラチン質がまだ残る私の骨を
ふーふーと吹いてから
その格好の良い
三日月のように
くっきりとした唇とは不釣り合いな
じゅるじゅるという

野蛮な音を立て
しゃぶりながら
「好《ハオ》」と言った
「好的《ハオダ》」と

ゼラチンの私は
女の口から喉を通って
お腹へと向かう
女のお腹の中で
私はゼラチンのままではあるけれど
十八パーセントくらいまでには濃度を高め
人のような
人ではないような
しかし私は女の腸の襞を確かに感じ
女の襞を甘噛みして味わう

その襞からは
うっすらと血がにじんでいるが
たぶん彼女は痛いわけではない
確かに
糞便もそこでは一緒になっていたのだけれど
まだ私の体と糞便とはどこからがそれで
どこからがあれかが分からないほどゼラチンで
そもそもまだそれは胆汁色にも色づいてはおらず
「好《ハオ》」なのか
私の存在は「好」なのかと
女にかき混ぜられて
私は結局骨すらもこまごまと粉末化し
結局関節に付着するゼラチン質になっているという現状では
確かに
私には

女のお腹が好きだといえば好きですというくらいしか
そしてそうですが
でも
とりあえず
指はある
だから触る
指で触る「好《ハオ》」
舌もある

兼本　浩祐（かねもと　こうすけ）

1957年に島根県仁多郡で生まれる
1986～1988年にかけてベルリン自由大学で外人助手として勤務。精神科医。現在、愛知県在住

著書
『青い部屋での物語』（1977年）
『深海魚のように心気症を病みたい』（1997年）
『世界はもう終わるときが来たというので』（2008年）
『深海魚のように心気症を病みたい（1997年復刻版）』（2014年）
『ママちゃりで僕はウルムチに』（2015年）
『なぜ私は一続きの私であるのか ── ベルクソン・ドゥルーズ・精神病理』（2018年）
『てんかん学ハンドブック（第４版）』（2018年）
『発達障害の内側から見た世界 ── 名指すことと分かること』（2020年）

象の耳を埋めることができるわけではないのだけれども

2020年４月７日　初版第１刷発行

著　　者　兼本浩祐
発 行 者　中田典昭
発 行 所　東京図書出版
発行発売　株式会社 リフレ出版
〒113-0021　東京都文京区本駒込 3-10-4
電話（03）3823-9171　FAX 0120-41-8080
印　　刷　株式会社 ブレイン

ISBN978-4-86641-315-0 C0092
Printed in Japan 2020

ご意見、ご感想をお寄せ下さい。

［宛先］〒113-0021　東京都文京区本駒込 3-10-4
東京図書出版